ЖИЗНЬ ЛЬВА НИКОЛАЕВИЧА ТОЛСТОГО В ИЛЛЮСТРАЦИЯ

トルストイの肖像画

レフ・トルストイ

ナターリヤ・トルスタヤ 編・絵

ふみ子・デイヴィス 訳

未知谷
Publisher Michitani

はじめに

レフ・ニコラエヴィッチ・トルストイ……この存在は、私のまわり8万露里をめぐらしている。
グレブ・ウスペンスキー

これまで世界中で、レフ・ニコラエヴィッチ・トルストイのどれほどの著作が再版され、映画化され、またトルストイ研究者達による数多の著述が出版され続けてきたか知れない。にも拘らず、トルストイ自身の素顔は単なる並立複合叙述の陰に身を潜めて、しばしば私たちの前から逃れては隠れ続けてきた。

私たちは今昔を問わずトルストイの印象を、しばしば生真面目で厳格な、更には威嚇的な老翁と見るのであろう。同時代に生きた多くの人々も、彼の鋭く明敏な視線を畏怖してもいた。

アントン・チェーホフは、トルストイに会いに行くに当たってうろたえ、どんなズボンを履くべきかと迷ったそうである……幅広かあるいは狭いのを履くべきか……と。

チェーホフは、イヴァン・アレクサンドルヴィッチ・ブーニンにこう訴えている「考えてもみてくれ、僕は彼が怖いのだ……〈アンナの眼が暗闇の中で光線を放ったのを、アンナ自身が自ら見て知っていた〉なんて文章を書く翁なのだから……」

私が描くイラストが、若い読者の方々のみならず、年配の方々においてもトルストイの印象を和らげて、身近に感じて頂けるようにと願った。

私はレフ・ニコラエヴィッチが生まれて来た時から、幼年、少年、青年時代を経て、そして遂に世界に名を馳せる文豪トルストイとして現れた素顔の過程を、私のイラストで描こうと思いついた（レフ・トルストイの肖像描写は意外に少なく一八四〇年、彼が十七歳の時に、初めて鉛筆で描かれていたことを付け加えておきたい）。

イラストの作成は、全てトルストイの原書著作の叙述に基づいた。彼の日記を初め、私が最も愛読した『幼年時代』や『少年時代』『青年時代』そして『懺悔』等からの引用文に添って描かれている。

レフ・ニコラエヴィッチが感傷的で、敏感な感性の持ち主であったことは有名である。幼い頃から〈泣き虫リョーヴォ〉とからかわれては、すぐにむくれていた。成長してからも、家族の誰かが読み上げる感動的な話の内容や、心を揺さぶる楽の音などを聴くと、直ちに泣き出した。この彼の感傷的な魂が、若き作家レフ・トルストイの〈成功への担保〉となったのであろう。彼は自らの世界においてのみならず、他者に関しても真剣に悩んだ。

少年時代には、レフ・ニコラエヴィッチは数多くの小説を、繰り返し読んだ。青年時代には彼がニコリンカと呼んだ〈大言荘厳を吐き、無類の想像力に富む、抵抗し難い権威者〉である長兄ニコライに影響されて、大量の思想哲学書を読破している。

少年トルストイは、希な速さで当時流行した小説を次々に〈呑み込〉んだ挙句、蔑まれる者や弱者を救う勇敢で高尚なヒーローに、しばしば自らを重ねるという空想に浸った。ある時は眉の濃い勇敢な貴族に魅せられ、彼を真似て眉毛をもっと増やすために、自らの眉毛を摘むことを思い立ち、誤ってすっかり切り落としてしまったほどである。

そしてまた泣き虫リョーヴォは大変独創的でもあった。あたかも客たちが集う客間に、真正面の扉から入ると、人々が直ちに彼に目を留め、留めるだけではなく、一目惚れされることを望むという……

レフ・ニコラエヴィッチが世に現れる遥か前に、ペトラルカはこう述べた「私が書いたものが三百年後に読まれるよりも、直ちに今愛されることのほうが大切だ」

レフを取り巻く全ての人々の《目に留まり、そして愛される》こと……これが幼いレフの望みであった。

やがて世界に名を馳せるトルストイとなり、彼は全てに《目に留め、そして愛する》レフとなって、天賦の賜物、生きとし生けるものすべてへの思いやりを育み続けるのである。
「朝食まで、庭をそぞろ歩くうち、菩提樹に新しく茸が生え出ているのを見つけ……そして思った、彼は生き続けているのだ……と。そして考えた……恒久的な世界の大自然で繰り返される秩序と摂理とを。そして驚嘆した……この世を創造した知恵の、何という深淵な理性であろうかと！」
またレフ・ニコラエヴィッチは魔法使いのような天分を備えていた。それはナポレオンやクトゥーゾフなどの英雄や、老いた貴族バルコンスキーのみならず、女性しかも伯爵令嬢マリヤやエゴイスチックなアンナ・カレーニナを体現するという得意技である。更にありきたりの《自らが干からびてゆくのは見えるが、自身から舞い立つ蝶の群れには気づかない》女まで体現するのである。トルストイは兎が人間をどう思っているかを察し、蜜蜂の世界の詳細な構成まで知り尽くしていた。
「私とは、そして世界とは何なのか？」、「なぜ世界は存在し、そして私も存在するのか？」
レフ・ニコラエヴィッチは人生の長きにわたって、この問いを繰り返し自らに投げかけ、答えを得られぬままに生き続けた……
マクシム・ゴーリキーが、私たちの後ろからこう示唆する「大きな問いが渦巻く底なしの淵の前で、慢性の悩みを抱えながら、ある時は孤独を楽しみながらうずくまる人を、そっとしておいてあげなさい」と……

トルストイについて、世界中いたるところで膨大な研究書や伝記が発行され続けてきた。また著名な画家たちが彼の肖像画を描き、ヤースナヤ・ポリャーナの茂みに身を潜めたジャーナリスト達は数多のスナップを世に送り出した。

トルストイの名声は、このように世界中の学術的分野で不動の位置を確立したが、誇張された埃を払いたい部分もある。

本作『トルストイの肖像画』には〈子孫たちがトルストイの素顔を読み取り眺める為に〉を使命とした私の思いが籠められている。家族が集まる居間の窓辺に、夕暮れは迫ったが、まだ寝るのには早過ぎるような、長閑（のどか）な今宵に贈る一冊である。

ナターリヤ・トルスタヤ

目次

はじめに　1

1　一八二八〜一八六一　11

2　一八六二〜一九一〇　81

訳者あとがき　153

トルストイの肖像画

二人の孫たち、オレグとアレクサンドルに捧げる

一八二八

一八六一

僕は生まれ出て、そして生き始めた。とは言え、これが全く存在の始まりだとは言い切れない。
もしこれまでに人々が存在してなかったとしたら、果たして僕はこんなだっただろうか？僕を構成しているのは、僕よりも前に生きた人々の所産ではないか、そして僕がいなくなった後にもそれは続くのではないか……だとしたら僕の内には、過去に生きた人々がいる。と言うことは、僕の後にもそれは続く。そして人々に含まれたのが僕で、その後も僕を含めて共に生き続けるとしたら……僕は確信して言える、僕が死ぬことはないのだと。

『日記』より、一八九〇年一月十五日　ヤースナヤ・ポリャーナにて

母の記憶が、僕には全くない。母が逝ったのは僕が一歳半の時だったから。

……僕が誘惑に負けまいと苦闘するときは、いつもその母の魂に助けを求めて祈った。そしてこの祈りはいつも僕を助けてくれた。

『回想録』

五歳のころから今の僕まではたったの一歩。五歳までは気が遠くなるほどの道のり。胎児のころから赤ん坊の時期については、まるで深淵の海。無から胎児までは、深海どころか何がなんだか訳もわからない。

空間と時間と起因における形体の本質は、つまり思考形体であるのだから、物質的生命の本質とは別のものなのだが、私たち全ての者の生命は、更に更に自らがこの思考形態に従属しようとし、後にまた解き放たれていくのである。

『我が人生』一八二八〜一八三二年

僕の父は一人息子だったが……一八一二年、父が十七歳の時、両親が恐れて大反対し、熱心に説得を試みたにも拘らず、軍隊に入った……

彼は一八一三〜一四年にかけて従軍しドイツまで進行したが、一八一四年、メッセンジャーとして送られた先のフランスで捕虜となった。解放されたのはロシア軍がパリに進攻した一八一五年に入ってからである。

『回想録』

私が生まれてきた時の、初めての印象《一体これまでに何があったのか、またこれから何が起ころうとしているのか、支離滅裂でさっぱり訳がわからない。周りの顔もよくわからない、夢幻か、現なのか、ほら、この人たち！》

僕は縛られている、何とかそれを解いて手を自由にしたい、と思うのだがそれが出来ない。僕は泣き叫び、その叫び声が自分でも不愉快でならない。にも拘らず泣き止めることができない。僕を見下ろし覗き込みながら、誰かが立っていたが、それが誰だったのか思い出せないし、薄暗闇の中だった。でもそれが二人であったのは覚えていて、僕の泣き叫ぶ声にハラハラとした様子で心配そうだったが、グルグル巻きに縛った産着を解いてくれようとはしなかった。僕はそれから抜け出したくて、益々大声で泣き続ける。彼らはそれが（赤子を産着で縛るのを）必要なことと思っているらしいので、僕を縛りつける必要が全くないことを証明するために、自分でも嫌になるほど滅茶苦茶に泣き喚いた。その二人が僕を苦しめるつもりの無いことは解っていたので、二人を憎んだ訳ではなく、ただただ縛られ不自由な我が身の定めが憐れで理不尽で、残酷で……そして僕の叫び声でも、もがきでもなく、難儀で矛盾した印象が思い出として残っている。

僕がこんなに弱く、彼らは強いのに、縛り付けなければならないどんな理由があるというのか……それが解らない彼らが憐れだった。

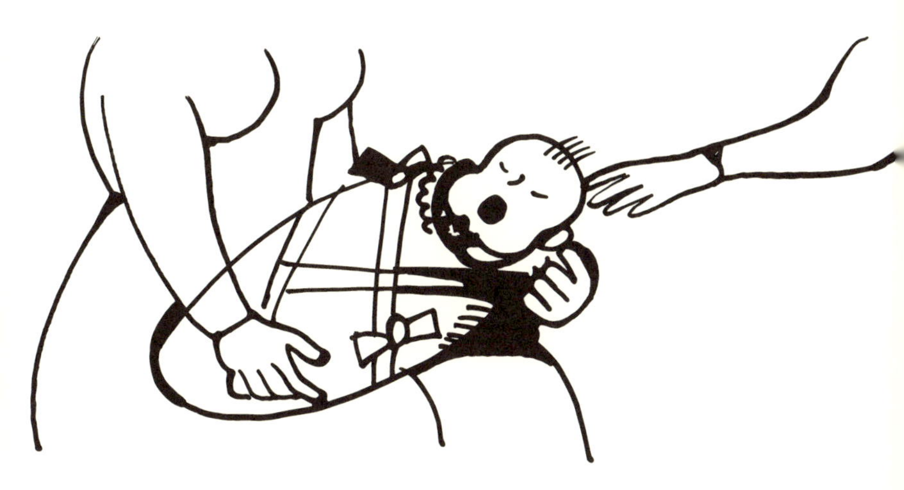

もう一つ、これは楽しかった思い出。

僕は裸で何だかさほど嫌でも無いが、今まで嗅いだこともない、ちょっと変な酸っぱい匂いの立ちこめる何かに浸けられて、桶の中にいる。きっとこれは湯船に溶かしたぬかに浸けて、毎日僕を洗っていたのだろう。が、その日に限って、乳母が僕を湯船に入れた時、僕は自分の体に気が付いて、胸の下の肋骨がいたく気に入った。そして暗くなだらかな桶や、腕捲りした乳母の手や、湯気が立ち上る湯船とその音や、湿った桶の縁を触った時の平らな感触などが心地よく、僕はご機嫌だった。

『我が人生』

彼女は優しい哀しげな微笑みを浮かべながら、両手で僕の頭を挟み額にキスをしてから、その頭を膝に寝かして言う……私をいっぱい愛してる？……そして少し沈黙してから、再び口を開く……ごらん、いつもどんな時も忘れずに、私を愛していてね。もし、お前のお母ちゃまがいなくなっても、忘れないわね？　ニコリンカ、忘れないわよね？

『幼年時代』第15章

霊的で神々しい私たちの生命の起源を認識できるものは、理性であり、そしてもうひとつは……愛である。

『読書の環』

愛する人のことを想像の中で再現させ、描こうと試みる時、ぼんやりとした輪郭の中で、過去の思い出が溢れ出して、それが涙のように幾すじも滴りはじめる。

これは想像の涙なのだ。

僕の母がその時どんな感じであったかを思い出そうとする時、いつでも繰り返し、その変わることのない優しさと、愛情の籠った、彼女の褐色の眼が浮かんでくる……

『幼年時代』第2章　ママン

ニコライ・セルゲエエヴィチ・ボルコンスキー公爵。レフ・ニコラエヴィッチ・トルストイの母方の祖父。陸軍将軍。（右上）

レフ・ニコラエヴィッチ・トルストイの伯母、ペラゲヤ・イリイチェナ・ユーシコヴァ。トルストイ伯爵夫人の母。妹のマリヤ・ニコラエヴナとその夫ニコライ・イリイッチ・トルストイの死後、残された子供達、ニコライ、デミトリー、レフ、マリヤの後見人となる。

イリヤ・アンドレエヴィチ・トルストイ伯爵。レフ・ニコラエヴィッチ・トルストイの祖父。高等文官。カザン州知事。

祖母は日増しに弱っていく……鈴を振る音や愚痴っぽいガーシャの声、ドアを開け閉めする音が、祖母の部屋から絶えず聞こえてくる……
医者が日に三度訪れ、もう何度も検診の結果について相談された。
弱っているとは言え性格は高慢で、家の者全てに対して格式張った応対をし、特に僕のパパに対しては、相変わらず、眉を吊り上げると、語尾を引き伸ばしながら、こう言う「私のお気に入り」

『少年時代』第23章　お祖母さん

Je ne comp
rends
pas que

je ne comp
rends
pas que

一度だけ、僕は彼女に酷く腹を立てたことがある……そして彼女の部屋に突入した、と、彼女は自分の小さな安楽椅子に腰かけていて、涼しい顔をして、ゆるりと微笑みを浮かべながら言った「私の小さなお友達、こちらにお出で。お出で、私の天使」

『幼年時代』第28章　最後の悲しい思い出

僕は乳母が大好きで、乳母も僕とミーチンカのことを愛している。ミーチンカは僕のことが好きで、乳母のことも好き。で、タラスも乳母のことが好きで、僕もミーチンカもタラスのことが好き。そしてタラスも僕と乳母のことが好き。それでもってママは乳母と僕を愛していて、乳母もママと僕とパパのことを愛している。そんな訳で、みなが愛し合っていて、みな幸せ。

『気ちがいのメモ』

幼い頃の生気や屈託のなさ、愛への欲求と信じる力が、いつか戻ってくることはあるのだろうか？　愛の無邪気な喜びと愛の無限の要求、この二つの徳のうちで、どちらが生きることへの最も高い、唯一の動機となり得るのだろうか？

『幼年時代』第15章　子供の頃

幸せな、幸せな、二度と還らない幼年時代。どうしてあの頃を愛し、慈しまないでいられようか？　数々の思い出は、僕の魂に新鮮さを与え、昇進させてくれる。僕にとっての何にも増す楽しみの源なのだ。

『幼年時代』第15章　子供の頃

祖母の名の日の祝いが近づいた時、プレゼントを用意するようにと言われて、僕は詩を書こうと思いついた……

何でまた幼かった僕の頭に、そんな大それた案が浮かんだのか、さっぱり思い出せないが、この決心が大そう僕の気に入ったことは、しっかり覚えている……

詩の中で僕は祖母の名の日を祝い、長寿と健康を願って、そしてこう結んだ。

「あなたの慰めとなるよう、励みます

そしてあなたを、生みの母のごとく、愛します」

どうやら、それほど馬鹿げた出来ではなかったようだが、最後の一行の朗読が、奇妙に詩全体を傷つけてしまった……

「そしてあ〜なたを、う〜〜みのははのご〜とく、あ〜〜いしま〜す」

マーチ（母）もイグラーチ（遊ぶ）とクラヴァーチ（ベッド）の韻の踏み方と同じだったっけ？　ごっちゃになって、僕の鼻の下がすっかり固まってしまい、は〜〜はと韻を踏まぬまま読み上げてしまったもので……

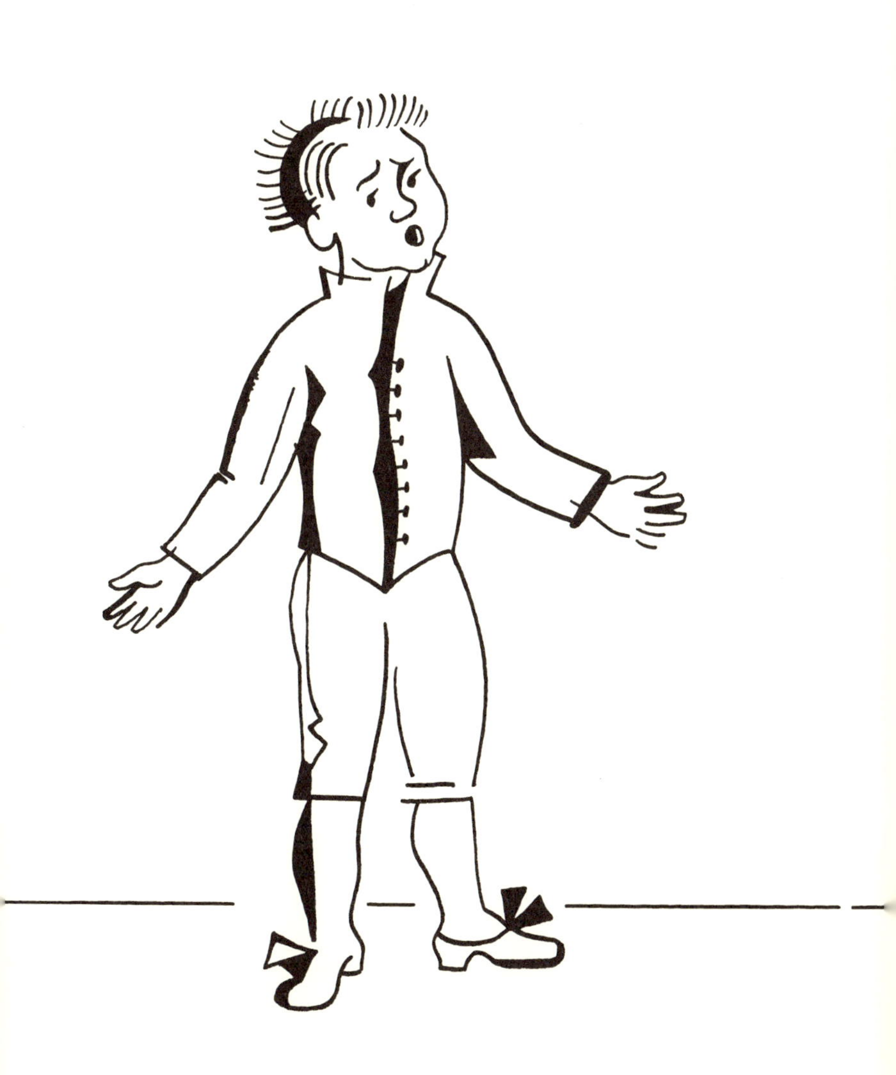

その夏、夥しい数の小説を読破したが、そのうちの一冊に、ひどく眉の濃い、極端に変てこりんな主人公が登場したのを思い出す。そして僕はどうした訳か、その主人公が気に入り外見を真似たくなった（彼との精神的、倫理的な一致を覚えたからだろう）。
そこで鏡に向かって坐り、考えを巡らした結果、自分の眉をもっと増やして濃くするために、毛先をわずかに切り取ることを思い立った。ところが鋏を入れるうちに、誤って一部分を深く切り取りすぎてしまい……すると長さを揃える為に他の部分も切り取らねばならず……そうこうするうちに、眉はほとんど削り取られてしまって、僕は鏡の前に映った、眉のない、酷くみっともない結果に至った我が身に呆然とした。

『青年時代』第30章　暇つぶし

家庭教師をしていた学生のポリンスキーは、ある日僕らの成績に関して、次のような評価を下した。
「セルゲイには意欲もあるし、それを達成する才能もある。デイミートリーには意欲はあるが、才能はない（それは嘘だ！）。そしてレフには意欲もなければ、才能もない」
僕には反論の余地はない、全くその通りだったから……

『回想録』

1812

青年の頃、僕が常に好んだ課題が、思索することであったと、僅かでも信じてもらえるだろうか？　それは誰が見ても、年齢的にも立場的にも身分不相応といえるような課題だった。ただ言わせてもらえば、人の立場とその人の倫理的活動との間の不相応は、矛盾が伴うだけに、むしろそこには真実なありのままの姿があるのではないか。

自分自身を見詰め、倫理にかなった生き方や、人間に与えられた使命についてや、自分の将来、永遠の魂などという、抽象的な課題を考えあぐねた孤独な一年ほどの間、僕なりの答えは見つけていたと思う。そして更に僕の幼稚で未熟な、ただし情熱に溢れた問いかけ、すなわち浅い人智では到底到達し得ないであろうし、また答えを与えられるべくもない、高い段階における命題への問いを抱き続けた。

『少年時代』第19章　少年時代

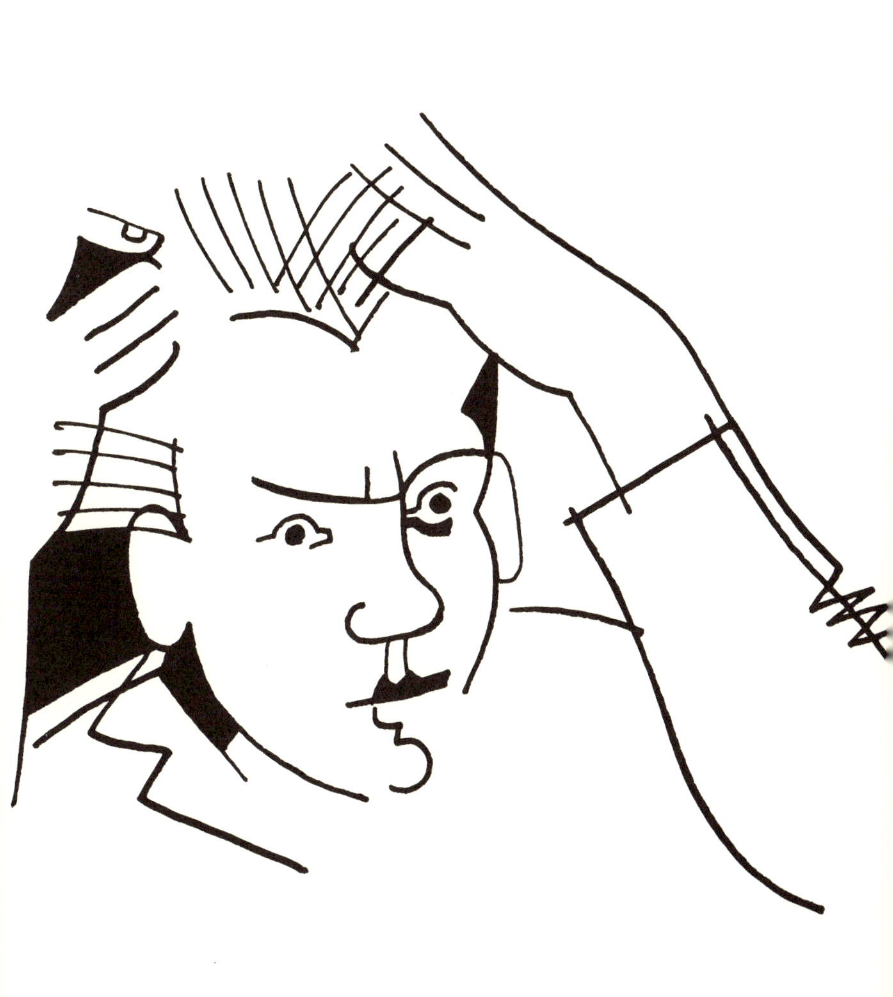

ある時、こんな考えに襲われた。幸福とは見かけの理由から得られるものではなく、我々の幸福に対する関わり方からくるのであって、苦悩するのが慢性化した人間は幸福になれない、と。そこで自らを努力家に鍛えるために、酷い痛みがあったにも拘らず、辞書の編集者タチーシェフを伸ばした両腕に五分間抱え続けたり、変人のような奇行に走って自分の裸の背中を鞭打った挙句、あまりの痛さに涙を流したりした。

また他の日には、突如としてこんな考えが浮かんだ。生きるとは、刻一刻と僕を待ち構える死に向かうことではないか、と。すると突然、なぜ人はこれを理解せずに、将来を思ってくよくよし、さもなければ今生きている時間を享受しないでいられるのか、と思い当たり……それから三日の間、僕はこの考えに取り憑かれて授業を放棄した挙句、部屋に篭って、プリャーニク（訳注：トゥーラ地方のスパイス入り銘菓）に、財布をはたいて買った極上の蜂蜜を塗って食べながら、何がしかの小説を読み耽って過ごした。

『少年時代』第19章　少年時代

祖母の書斎を通り過ぎる時、僕は鏡に映った自分をちらりと見た。顔は汗ばみ、髪は乱れ、いつもより以上に埃をかぶっていたが、でも表情と言えばなんとも明るく朗らかで、優しくはつらつとしていたので、そんな自分が大いに気に入った。《もし僕がいつもこんな感じだったなら》と僕は思った《きっともっと好きになってもらえる》と。

ところが僕の憧れの貴婦人を再び見かけた時、その極めて綺麗な顔立ちには、快活で溌剌とした屈託のない表情のほか、繊細で優美な美しさが溢れていて、僕自身の容貌を気に掛けることと自体がいまいましくなった。僕はいかにその素敵な創造物の気を引こうと試みることが馬鹿げているか、思い知ったのである。そこできっぱりと希望を捨て、彼女のことを忘れて、僕の魂は再び幸福に満たされた。

『幼年時代』第23章　マズルカの後で

ヴァロージャが持ち帰った大量の小説を読破することが、その夏、僕のもうひとつの課業となった。出版されたばかりの『モンテクリスト伯』や何種類かのミステリー小説があったが、僕はデュマ・フィスやポール・デ・コカに魅せられ読み耽った。全ての並外れた登場人物や出来事も、僕にとってはまるで実際のことのように生き生きとしていて、作家の信憑性を疑うというよりも、僕にとっては作家そのものが存在しないに等しかったから、本の中に登場する人々や出来事が正に現実なのであった……。僕は登場人物の情熱や気質を自分のもののように感じ、悪党を追う主人公と、謎に迫って苦労を共にして、まるで医学的な描写があればその病の兆候を体現する人のようであった。

『青年時代』第15章　暇つぶし

ああ、なんと神々しいまでに素晴らしいひと時だったろう……僕の目の前で、彼女は瞳を輝かせながら、思い出すかぎりの彼女にも増す、とびきり素敵な微笑を浮かべていたのだから。彼女が話し始めた時、一瞬にして僕は考えを巡らすことができ、一瞬にして決断した、僕は恋におちた、と。そうしたら、また一瞬にして、安穏な幸福感ものんきな魂も俄かに場所替えをして、突然靄のようなものに包まれてしまい……すると、彼女の瞳も微笑も靄の向こうに隠れてしまい、僕は恥ずかしさのあまり言葉を失って、もう喋ることもままならなくなってしまった。

『青年時代』第18章　ヴァラヒーニ

社会における規則：骨の折れる仕事を選ぶこと。常に会話をリードすること。時には声高に、時には静かに、はっきりとした口調で話すこと。会話を自ら始めて、自ら終わらせること。自分よりももっと高く、明瞭な人々の集まる社会を求めること。

『日記』モスクワ　一八五〇年十二月八日

人はそれぞれ、年齢によってちがった性質の夢を描くものだ。僕の場合、少年期から青年期に移る頃の夢は、四つの感情から成り立っていた。

いつもどんな時も、僕が想像の世界で夢見ては思い描く女性像。そして常に、一時も絶え間なく、どこかでの出会いを期待してやまない、仮想の女性への愛。

それはちょっとソーニャのようであったり、マーシャのようであったり、洗い桶で洗濯物を濯いでいる、ヴァシーリーの奥さんに似ていたり、ずっと昔、劇場のボックスで、隣に坐った白い頸に真珠の首飾りを飾っていた婦人に似ていたり……

二つ目の感情は、愛に恋していたこと。僕はすべての人々が僕を知っていて、そして愛してくれることを望んでいた……

『青年時代』第3章　夢

「貴方は自然をお好きではないのでしょう?」首を振り向けながら、ヴァーレンカが言った。

「自然なんて、無駄な、何の益にもならないものだと思うな」僕は彼女が気分を悪くするようなことを、しかもとても独創的に答えたことに大満足だった。

ヴァーレンカは一瞬、複雑な表情で、わずかに眉を吊り上げたが、平静さを装ってまっすぐ前を見詰めていた。

『青年時代』第26章　最も効果的と思われる方法

"Moe comme il faut"（上品な身だしなみと礼儀作法）は、特に叱咤する時に先ず発せられる、そしていかにも思わせぶりで特徴的な響きを持つフランス語である。僕を叱責する時、相手に下手なフランス語でこう言われると、即刻頭に来たものだ。

《君は僕らのように喋れもしないくせに、いっぱしの言い草だな？》と、僕は毒々しい嘲笑を浮かべながら、胸中でそう言い放ったものだ。

二つ目の"Moe comme il faut"に当てはまるものに、爪があった。綺麗に磨かれた、清潔な長い爪。

三つ目は、ダンスを申し込む時のお辞儀の仕方や、話す相手へのマナー。

四つ目は、これが一番重要なのだが、何に対しても無頓着で、常に優雅でちょっと見下したような退屈な表情に対して。

このほかに、僕はまだ話しをしないうちから、その人がそれらのどの部類に属するかを特徴で掴んだ。

部屋が綺麗に片付けられているかや、調度や装飾品で判断するだけでなく、そこにある印刷物や筆跡、馬車の種類、そしてその人の足元を見た。

ズボンの下の靴を見るだけで、その人がどのような生活をしているかが直ぐに判った。

ズボンの端に靴の下に回す紐は付けずに、先が角ばった踵の低い靴を履いているのは、ごく普通の人。

靴の先が細く丸くて踵も高く、その上細いズボンの端に付いた紐を踵の下に回している人、あるいはズボンの先がその靴を天蓋のように覆っている人……これは"Mauvais genre"（フランス語で趣味の悪い人）である……等々。

妙なことに、僕にとってこの"Comme il faut"は、確固たる理解し難いもので、習慣的に頭をひねって暮らしていた。

極めて貴重な、更に向上すべき十六歳の日々を、このような過ごし方に費やすとは、全く以て酷い話である。

『青年時代』第31章　Comme il faut（礼儀作法）

Comme il faut

僕の中で、学問に対する情熱が生まれつつある。人にとって、この情熱は最も高尚なものではあるが、少なくとも僕にとっては、盲目的に傾倒して没頭する類のものではない。曰く、自分の気持ちを殺して、学問の為に、ただひたすら自らの脳を活性化させ、記憶力を養う類の情熱ではないということだ。偏向性は人を不幸に導く一要素である。

三月二十四日。僕はずいぶん変わった。しかしそれでも（学問において）達成したいと望んだ域にはまだ程遠い。僕は自分に課したことをやり遂げていないし、やり遂げたとしても良好にではないし、記憶力も磨かれていないままだ。と言う訳で、僕はここに、もし実行したなら僕自身を助けるであろう、いくつかの規則を綴ることにした。

一、もし実行しようとしていて、やり終えていないことがあるなら、直ちに実行に移す。
二、実行に移すことがらは、完璧にやり遂げること。
三、もし本に書いてあることをど忘れしたなら、再びページを捲るのではなく、何が書かれてあったかを、自らの記憶に頼って思い出すよう努めること。
四、自分の知力を、どんな時にもどんな分野においても、全力をあげて駆使させること。
五、大声で読み、大声で考えよ。

『日記』一八四七年三月十九～二十四日

世界が何の為に存在し、そこでまるで熱湯に沸き立つ泡のように駆け上り、弾けて消える私たちが、何の為に生きているのを知っている、誰がしか、何がしかの絶対的な真理があるということが、なぜ私には見えなかったのか、驚きを隠せない。

『読書の環』四月十二日

この三年ほどの間、僕は放蕩し、時には何とも興味をそそられる、詩的で、またある部分では有益な生き方をした。包み隠さず、できるだけ具体的に記憶を辿り、文章にしてみよう。という訳で、これが日記を記す上での、三つ目の役割を果たすことになる。

『日記』一八五〇年六月十四日、ヤースナヤ・ポリャーナにて

望みが二つある。人の真の幸福とは何かを知り、これに到達できるよう、実行に移すこと。そして益になる平静な良心を持つこと。

『日記』一八五三年十二月二日、スタラグラードコヴスカヤにて

僕は今、兵舎の野営でひとり横たわっている。絶妙な今宵。月が丘陵の頂に登って輝き、低い空で糸を曳く、二つの細かな雲を照らし始めた。

僕の背中の向こう側で、コオロギが絶え間なく自分の悲しげな歌を唄い、クリミヤの村落の方で蛙が鳴き、途切れ途切れにタタール人の喚き声と、犬の遠吠えが交互に聞こえる。それが途絶えるとまた静寂が戻り、ふたたびコオロギの鳴き声だけがする。そして柔らかな透き通った雲が、遠くや近くで輝く星を遮りながら、静かに通り過ぎてゆく。

僕は考える。行ってこの情景を書き留めよう、と。でもどんな風に？　インクの染みで汚れた机に、灰色の紙とインク壺を置く。ペンをインクに浸して、紙に文字を書く。文字は単語を形成する。単語は……文章を構成する……然るに、これで果たして僕が感じたことを伝え得るのか。自然を眺めて得た自分の感情を、他の誰かに注ぎ込むことなど、可能だと言えるだろうか？　自然描写だけでは伝達不十分なのだ。

一体何の為に、詩的な日々が散文的な平凡さと繋がり、喜びが苦悩に変わり得るのか？

どのように生きるべきか？

詩情と平凡な日常を、うまく繋げて生きるのか、あるいはどちらかを享受した後に、現実を受け入れて生きるのか？

『日記』一八五一年七月三日　コーカサス、遊牧民の古びた天幕にて

退役したい。が、地主貴族がロシアに戻って来た、と噂されるのは断固として阻止したいという、見せかけの廉恥心がある。僅かな期待さえできない、昇進を待とうか……とは言っても、僕はありとあらゆる失敗を繰り返し、慣れっこになっている身だ。
ノヴォグラドコヴスカヤでの情熱的な火曜日に、もし罪を犯さずに済んだとしたのなら、神が僕を救われたからだ。規律正しく、優しく善良な思考と学問の域に昇る為の、古くからの孤独な轍を求めている。神様、僕を助けて下さい。僕は生まれて初めて、青春の喜びと楽しみを無駄にしてしまったことへの、極めて酷く、激しい憂鬱と悲しみに襲われている。青春は去ってしまった……すでに青春と決別すべき時なのだ。

『日記』一八五三年四月十六日　スタラグラドコヴスカヤにて

ロシアは崩壊すべきか、あるいは全面的な改革を強いられるべきかを、先ず、僕は確信した。全てが逆行していて、敵国の存在が自国の陣営強化に加担する訳でもなく、かつて力も知力も感性も失った、ゴンチャコヴ将軍の指揮に頼った時のように、力尽き果てて、嵐と悪天候の助力をニコライ・チュダトヴォーレツに期待し、敵を追い払おうとでもするかのようだ。

『日記』一八五四年十一月二十三日　エクシ汗国にて

偶然一人きりになった時、いつも自分自身について思い巡らし、必ず同じ考え……向上と言うことについて考える。しかし、僕にとっての重要な誤りは……平然とこの向上という道に向かえない訳があって、それは僕が向上と、完璧をごちゃ混ぜにしてしまうからだ。

六月四日。僕の大きな欠点。

一、軽率（このせいで優柔不断、移り気、一貫性に欠けて矛盾する）

二、嫌な重苦しい性格、短気、過剰な自己陶酔、見栄っ張り。

三、無意味な習慣。

『日記』一八五四年七月二～四日　ブカレストにて

彼ははっきりと悟った。彼はロシアの貴族でもモスクワの社交界に属している訳でもなかったので、あるいは誰か彼か著名な人の親戚でも友人でもなかったので、今自分を取り巻いている、蚊か、キジか、鹿のような存在でしかないのだと。

『コサック』一八五三〜一八六二年

僕の命はいつ始まったのだろう？　僕はいつから生き始めたのだろう……？
果たして目が見え始めた頃から、耳が聞こえ始めた頃から、理解し、話し始め、眠り、乳房を吸って乳を飲み、接吻してころころと笑いころげ、そうして僕の母を喜ばせていた時に、もう生きていたのか？　確かに僕は生きていたが、間抜けのようにだ。しかし果たして今生きて何がしかを習得したとして、またこれからも超特急で習得し続けるとしても、得なければならないものの一〇〇分の一にも満たないのだ……

『我が人生』

幸福……ほら、これだ……と彼は自らに言った……幸福とはこのこと、他の人の為に生きることだ、と。

『コザック』一八五二～一八六二年

一八六二

2

一九一〇

論文への高い評価と、著作の売れ行きに関する良い報告が入る。
婚礼の日。恐怖。不信感と逃走願望。

『日記』一八六二年九月二十日　モスクワとヤースナヤ・ポリャーナにて

このところ、毎日実務的な雑用のみに追い回されている。何とも無益でくだらない。自らを敬うこともできなければ、他の誰彼との関係においても何一つ定かでは無い。どうやら雑誌の継続も学校も無理なようだ。すべてが忌々しく、それは生活に対しても、そして彼女までもが、だ。

仕事に取り掛からなければ……

『日記』一八六二年十月十五日　ヤースナヤ・ポリャーナにて

日記を付けなくなってから、一年になる。満足のいく一年だった。私とソーニャとの間は堅固で確実なものとなった。私たちは愛し合っている、つまりこの世の誰よりもお互いを尊重しあい、しっかりと見つめあっている。二人の間に秘密など以ての外だし、気が咎めることなど、何一つない。

長篇小説の執筆を始めた。一〇ページほどタイプ済みだが、今文章を修正中で書き直している。難儀だ。教育に関する興味は失せた。息子はあまりなつかない。このところ、母としての、ソーニャの記録を付け始めていたことを思い出した。書き終えなければ。

『日記』一八六四年九月十六日　ヤースナヤ・ポリャーナにて

我々人間は知力を以て動物を判断する《迷わすために、脇へ大きく跳ねるので、うさぎは智慧者だ》と。

うさぎは人間を、その臆病さからこう判断するだろう《人間は一刻も早く逃げる為に、鉄道というものを考え出したのだ》と。

『日記』一八六五年八月二十八日　ヤースナヤ・ポリャーナにて

ゆっくりと歩もう。若い頃から何かにつけて、せっかちな判断を下しては、不興を買うような瓦解を繰り返して来た。しばしば恐れと不安に見舞われては、考えあぐねていたものだ……私の手元に完全に残るものなど、何もありはしないと……ところが歳を重ねるにつれて、私には全く損なわれず、無事に残されたものが、しかも他の人々より多くあるのを確認する。

『日記』一八七二年十一月六日　ヤースナヤ・ポリャーナにて

出発するにあたって、自分がどこに向かうのかを知っていなければならない。それは賢く良い暮らしをする為にも必要なことである。私の、そして全ての人々の人生が、どこに導かれようとしているのかを、知らなければならない。

『読書の環』二月二十九日

一、なぜ私は生きているのか？　二、私が、また他の存在が、生きている理由は何なのか？　三、私が、また他の存在が生存する目的は何なのか？　四、自らの内に感じる、二分する善と悪の存在は、何を意味するのか？

自らを救う為のこれらの問いかけは、個人的ではあるが、他の人々にも共通するものである。

私の内の滅びゆく感覚……生きてそして死ぬ、生を享受し死を恐れる……から、どのようにすれば救われるのか？

メモ帳No7　一八七八年六月二日　ヤースナヤ・ポリャーナにて

b) Какая
c) Какая
существования? d) Что
добра и зла, которое я
Как мне надо жить? Что
же общее выражение всех
как мне

男女間に共通する、相互の理解不足から生じる苦悩の最大の源は、お互いの立場の違いを双方が理解し得ぬところにある。

稀な男性にしか、女性にとって子供がいかにかけがえの無い存在であるのかが理解できず、更にたぐい稀な女性にしか、男にとっていかに名誉への本分や、社会的な義務の遂行が大事か、そして彼がいかなる宗教的義務を負うているかが、皆目理解できないのである。

『日記』一八九五年四月六日　モスクワにて

カントの三つの疑問から。

『一、私が知ることのできるものは何か？　二、私が知らなければならないものは何か？　三、何の為に期待、希望を抱く権利があるのか？』

私を常に取り巻く……あるいは子供のころから抱いていた疑問……我々は何に対して期待し信頼を寄せることができるのか？……思索する全ての人々にとって、この三つの疑問は、決してそれぞれが分離しているのではなく、私の生命とは何か？　私とは一体何なのか？という問い掛けに繋がっているのです。しかし人それぞれ、自らの経験に依る知力を備えており、それはどの扉をどの鍵で開け放つべきかを示唆するのです。確実に一つの扉を選び、それを開けることの出来る鍵を探し出して十分に開け放ち、そこに詰まった全てを取り出して織り込みながら、どのような人生を織りなして行くべきかを、本能的、直感的に予感する知力なのです。

『N・N・ストラーホヴへの手紙』一八八七年十一月三十日

そう、青年になった僕が、子供の頃や少年の頃に抱いていたような、幼稚な夢を抱き続けているとしても、誰も僕を責めたりはしないだろう。けれども確信をもって言えるのは、もし僕が年寄りになるまで思慮深く、また小説を書きながら七十歳までも生きるとしたら、絶対に今抱いているような幼稚な夢を持ち続けることは無いだろうと。

その頃に描く夢は、マゼーパ（訳注：ピョートル大帝の時代に生きた人物で、自らが洗礼を授けたマトリョーナ（プーシキンの詩ポルタワではマリア）と六十五歳にして結婚する）が、若く魅力的なマリアを得たように、年老いて歯が抜け落ちた自分も、誰がしか若いマリアに愛されたいという願望であろうし、出来の悪い息子が、何らかの偶発的で絶好なチャンスを得て、大臣にでもなってくれること、あるいは突然富を得て、億万長者になり上がることなのかもしれない。

年齢差に関係なく、どのような人からも、この有利な慰めを得られる空想の世界が剥奪されることは、決してないと確信している。

『青年時代』第3章　夢

良く眠れず、遅く起床した。精を出して仕事を続ける。午前中は書物に読み耽ったが、うとうとし始めたので散歩に出掛ける。

そうだ、確信した。言葉に対して、誠実に向き合わなければならないと。つまり、もし話したいのなら、はっきりと明瞭に話すこと。決して私が文章にするような、黙りこくったりほのめかしたりするような話し方はしてはならない。そうしないように努める。

『日記』一八八九年二月九日　モスクワにて

ひと言ひと言を、わざと引き延ばしながら話す年寄りを知っている。彼は言葉と言葉との間も、数秒ずつ置いて喋るのである。それは、彼が自分の話す言葉が過ちを犯すのを、ひどく怖れていたからである。

『読書の環』十一月六日

人が自分のことをどう噂しているかを常に気にする者は、決して平静に暮らすことができない。

『読書の環』三月五日

喜びをもって生きる、これが最も大切な資産であり……また生きることは喜びそのものであると信じることでもある。もしその喜びが見出せなくなったとしたなら、あなたがどんな間違いを犯したのかを知るべきである。

『読書の環』四月四日

一羽の燕が飛んで来たからと言って、春が訪れたことにはならない。もう一羽の燕が春の訪れを感じて飛んで来たからと言って、それとても春が来たことにはならない。若草が野を覆い始め、蕾が膨らめば、燕たちは春の訪れを感じて飛んで来る。それこそが春の訪れなのである。

『日記』一八九二年十月五日　ヤースナヤ・ポリャーナにて

私のように年老いた者だけが、人生がいかに短かく束の間の内に過ぎるかを知っている。それは周りにいた人々が、一人、また一人と去って行く時、手に取るように明らかになって行くのである。そして自分が辛うじてまだ生き延びていることに、驚きを隠せないのである。

そうして生きる短かい人生の合間合間に、嘘を吐き、周りを縺れさせ、不愉快な目に合わせることに、果たして一体何の価値（自分の視点からではあるが）があるというのか……正に、ひとりの役者……短かい、たった一幕の出番の為に時間をかけて練習し、メーキャップをし、衣装を着けて舞台に上がったにも拘らず、出鱈目を演じて自らの芝居を台無しにする、愚かな役者のようなものである。

『日記』一八九四年十月二十六日　ヤースナヤ・ポリャーナにて

人は一人では生きられないように造られている。ちょうど指の役割のように、一本が他の指の役割を支えて、お互いが補足しあうのである。

『日記』一八九五年二月七日　モスクワにて

ヴァーニチカがこの世を去った後、私は愛情（神がヴァーニチカの生と死を通して賜った愛が失われることはないにも拘らず）が失せてゆくのを感じる。そこで周りの全ての人に、七歳の子供だった頃の姿を重ねることにする。これは私には可能なことだ。そして私を慰めてくれる。

『日記』一八九五年三月十二日　モスクワにて

（ヴァーニチカ：トルストイの末息子。一八九五年二月二十三日、七歳で死去）

独身時代に付けた日記は破棄してくれるよう頼む。それは人々からその頃の私の愚かな日々を隠す為ではなく、というのは確かにろくでもないことを繰り返してはいたが、通常無節操な若者たちがやってのけるような、世間並みのろくでもなさであったし……では、なぜかと言えば、日記に記したところの私の罪の意識や苦悩は、一方的で偽った印象を与えてしまうからだ。

とはいえ、日記は日記として、あるがままを残すべきかも知れない。そこにはいかに私が低級でろくでもない若気の至りの日々を送っていたとは言え、神を離れずに信じていたし、僅かではあっても、その神を理解し愛し始めていたのだから。

『日記』一八九五年三月二十七日　モスクワにて（仮定の遺書より）

平凡な芸術家は、それなりに、平凡な美点や、品のある作品を作るし、甚だしく醜悪な創造に至ることはない。しかし名だたる天才芸術家となると、正に偉大な作品を生み出すか、あるいは目も当てられぬ、くだらぬ作品を作るかのどちらかである。シェークスピア、ゲーテ、ベートーベン、バッハ等々。

『日記』一八九五年三月二十八日　ヤースナヤ・ポリャーナにて

家族との仲が酷く重苦しく悪い。私が話す言葉は、ことごとく誰にも通じない。あたかも、彼らは知っているような……それは私が言いたいことではなく、私のくだらない習慣が説教であると……

すでに三年にも至る、無意味な生活を強いられていることが、なぜ彼らには見えないのか。

『日記』一八八四年四月四日　モスクワにて

絶え間ない来訪者の出入りが煩わしい。静穏の欠如。夏の憂鬱な孤独。

『日記』一八九五年七月十二日　ヤースナヤ・ポリャーナにて

ベイスマン*の、遺伝に関する論説によると、それぞれの胚子は自らの生命因子で成り立っており、生命因子は遺伝因子に依って構成されている。
と言うことは、つまり遺伝因子とは自己証明の証である。では喜劇の魅力の自己証明遺伝因子とはどのような因子なのだろう。

『日記』一八九五年八月五日　ヤースナヤ・ポリャーナにて

（＊トルストイはオーグスト・ベイスマンの遺伝の定義を意図している）

通常、人は、この意味はあまりにも深いので、十分な理解に到達することは無理だ、と言う。しかしこれは間違っている。逆である。深ければ深いほど、それは澄んでいて明確なのだ。ちょうど水の上層は濁っているが、深水に至るほど澄み切って、はっきりと見えるのと同様である。

『日記』一八九九年十二月十八日　モスクワにて

我々の感覚は、周りの人を一色で塗り分ける。気に入った人は白。気に入らぬ者は黒。ところが人には白と黒が入り混ざっているのである。気に入った人に黒色を探して見てごらん……だがもっと重要なのは、気にいらぬ人の中に白色を探し出すことである。

『日記』一九〇〇年八月七日　ヤースナヤ・ポリャーナにて

我々には外見だけしか見ることができない。内面に関しては感じ取ることしかできない（もし失神したり、目に見える生活の表面的な現れを認めたりしない限りは）。
毛虫には自らが干からびて行くのは見えるが、そこから飛び立ってゆく蝶の姿は見えない。

『日記』一九〇〇年十月二十八日　カチェーティにて

自然を観察して得る感動や、歓喜……これは動物や樹々や草花や土地と時を共にした、回想に依るものである。更に的確に表現するならば、時間が包み込んだ全てとの一体感の味わいである。

『日記』一九〇六年四月十七日　ヤースナヤ・ポリャーナにて

太陽の光の下で、てんとう虫の背中にいくつの斑点があるか数えることや、オペラの脚本や小説を書くことを学ぶ……これは個人的目標で達成できる。しかし人の自己放棄による他者への奉仕や善意を学び、これを書き表すためには、個人的利益の放棄が必須である。

何らかの理由に依って、キリストは十字架に掛けられ息を引き取った。何らかの理由に依る、苦難を伴う犠牲は、全てにおいて勝利を得る。

『読書の環』十月二十日

知恵は謙遜から生まれる。愚かさが生じる唯一の原因は、自惚れにある。

『日記』一九〇七年八月八日　ヤースナヤ・ポリャーナにて

人々は繰り返し、自らの人生をより楽にしようと考えを巡らせてきた。しかし碌でもない仮の天国しか、考え出すことはできなかった。

『日記』一九〇八年一月一日　ヤースナヤ・ポリャーナにて

神について、信仰について、生きることや救いについて、素朴で無教養な百姓が喋っているのを耳にして、彼らの宗教的知識を推測することができた。そしてその人生観や信仰の基準を知るにつけ、私は民衆にもっともっと近付き、その真実性を理解できた気がする。『殉教伝』とその序文が、私の愛読書になった。寓話のような奇跡の数々を除いて、そこに書かれている思考を読み解くことは、生命の意味を理解する鍵でもある。この書には隠遁生活を送った聖人、偉大なマカーリイや、ヨシフ皇子『仏陀伝』の生涯が記されており、能弁家イオアーンによる、坑内を行く旅人のことや、金鉱を担ぐ修道士の話や、迫害者ペテロに関して等々が書かれているが、私にとって信仰を伴う学識や、それに依る書物との出会いは、自らの内に不服を生じさせるきっかけとなり、何らかの疑問や憤りや論争点と繋がってゆく。そして私がその談話の真相を、深く極めようとすればするほど、真理から遠ざかって行き、深淵の底に沈んで行くのである。

『懺悔』第14章

自分のことを他者に重ねて考える訓練。しかし他者に対しては、自らと重ねて憐れむ……

願いや希望が兆すのを意識する時、何の為、誰の為にそれを願うのかを自問することは、必然であり有益で良いことである。トルストイなのか自らなのか。トルストイはN・Nのことを悪く思い非難するが、私は嫌だ。そしてもしこれを思い起こしたのが自分だとしたら、思い出させたのはトルストイであって、自分ではないのだとして、問題は決定的に解決する。

トルストイは何万何千という、数多の些細な兆候を気にして、病名を言い渡されるのを恐れている。トルストイは立ち尽くして自問する、私とは何だ？ そして皆は勿論のこと、トルストイも黙りこくっている……。他の人はどう思うか知れないが、私にとっては、これは自分とトルストイとの明確な分離点である。そして驚くことに、私は歓びに満ち、仕事にとっても有益で、私の善意に向かって働きかけるのである。でなければ何も書くことはできなかっただろう。孔子を何度も読み返した。

『日記』一九〇九年四月八日　ヤースナヤ・ポリャーナにて

何とも在り方がおぼつかない……そう思えるのではなく、かく在るとは全ての者に愛情を覚えることだからである。何通かの良い手紙が来た。憂鬱な気分……不満だ……内面の表れであるのは明らかだ、なぜなら夢の中ででも、なんとなくすっきりしないでいるから。私には老子の書物は益になった。老子とは真反対の、うぬぼれた忌まわしい思いをしていたからだろう。老子のようで在りたい。彼は言う、最も高尚な精神的高揚は、常に謙遜で満たされた状態と繋がりがあるのだと。

『日記』一九〇九年五月五日　ヤースナヤ・ポリャーナにて

もしも我々の元を自ら立ち去って旅立った者が、便りをよこさないからと言って、誰しも噂などしないではないか。ただ彼から消息がないと言い、それは死者に対しても同様である……

我々が唯一認識していることは、生命が肉体的変化に在るのではなく、その肉体そのものの中で生きている存在だと言うことである。そしてこの肉体に霊的存在が生きており、この霊的存在には始めも終わりも無い、なぜなら、そこには時が無いからである。

『読書の環』三月一日

夕暮れ、ザカースの森に出掛けた。そこで突然……生命への感謝に満たされて、泣き出してしまった。

『日記』一八九六年六月十九日　ヤースナヤ・ポリャーナにて

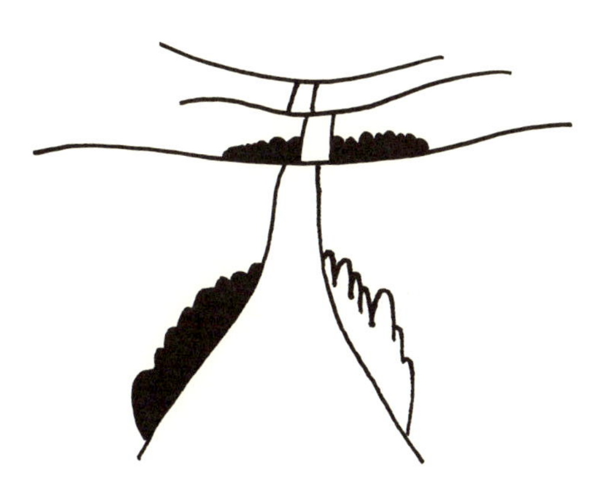

Жизнь Льва Николаевича Толстого

T.H.

訳者あとがき

本書編纂を手掛けたナタリア・オレーゴヴナ・トルスタヤは、トルストイの次男、イリヤの曽孫に当たるモスクワ在住のミニマリズム画家である。
トルストイは一八九八年に発表した『芸術とは何か』で、古典主義、新古典主義的潮流が各芸術分野にて興隆するさなか、すでに抽象芸術や、ミニマリズム等の、具象から離れた新しい芸術分野が出現する時代を予測していた。

にもかかわらず当時、私にとってのレフ・トルストイとは、典型的な古典的象徴であり、抽象芸術からはあまりにもかけ離れた存在であった。それ故に、私は初めてナターシャのアトリエを訪れ、その作品を目にした時の衝撃を、拙著『トルストイ家の箱舟』（群像社二〇〇七年）で次のように告白している。

私は酷いショックを受けた。二メートル四方の真っ赤なキャンバスに、様々なボタンがびっしりと、細い針金で綴じつけられているものを目にした時は、正直なところ、唖然として言葉に詰まった。

レフ・トルストイ伯爵という従来の重厚なイメージが見事に空で宙返りを打ったような、何とも言葉に尽くし難い衝撃だった。（中略）それは、学生時代に読んだトルストイのフランス語が混じった長蛇な文体と平行線を辿り続けて、まるでクラシック音楽を聞きに行ったのに、耳新しく不可解な前衛コンサートに紛れ込んだような、何とも釈然としない気分であった。

後に彼女はこの作品制作の動機を次のように語った。

共同のアトリエにぼやが出て、その修理の為何週間も電気がつきませんでした。暗い中では色彩もつかめず、創作意欲も削がれて、手のつけようのない日々がうつうつと続きました。

ある日、ふと思いついて私はボタンの山を抱えてアトリエに出かけました。わが家には、いつの時代からか祖母や母が集めていっぱいになったボタンの箱がいくつもあったのです。明かりがなくても綴じつづけてゆける作業に、私は夢中になりました。

そのうちだんだんと、ひとつひとつのボタンが人のかたちのように思われてきて、それが囁きあったり、並んだり、とび出したりと、想像するうちに夢中で遊びはじめていました。

（『トルストイ家の箱舟』あとがきより）

トルストイが『芸術とは何か』を発表したほぼ同時期に誕生した、スペイン、バルセロナ出身のジョアン・ミロ（一八九三〜一九八三）が、やがてパリのシュールレアリズム（既成の権威、道徳、習俗、芸術形式の一切を否定した、自発性と偶然性を尊重するダダイズムに続いて一九二〇年代にフランスで興った芸術運動）に加わり、抽象化された記号的形象による幻想的画風を、その絵画、版画、彫刻、陶器などの作風において表現したが、それはトルストイ（一八二八〜一九一〇）死後においてのことである。

全てに亘る芸術分野を広く愛して擁護し、自らグランドピアノを弾き妻や娘と連弾し、ロマンス等の作曲も手掛けたトルストイは、絵画への造詣も深く、彼の書斎の中央の壁はラファエロの『システイナのマドンナ』や天使の額で占められている。ルネサンス期から古典主義へと移り行き、続く新古典主義に対して個性的表現を重んずるロマン主義が台頭する暁に、トルストイは既にダダイズムや、やがて子孫が影響を受けることになる、シュールレアリズムの出現を予感した芸術論を書いていたのである。

ある日ナターシャの作品に対する、私の相変わらずの懐疑的な視線を感じてか、自分の描くような画風の出現を、トルストイは『芸術とはなにか』で予見していた、と胸を張ったことがある。学んだモスクワのシトロガーノフ芸術学院時代を経て、彼女にも具象画風の時代はあったが、どうしても馴染めなかったと語った。ナターシャの父オレーグもまたシトロガーノフ芸術学院で油絵を学んだロシア印象派の画家であり、母タチヤーナはスリコフ美術学院で学んだグラフィック画家であった。

ロシアが誇る文豪レフ・トルストイ家の子供たちの芸術家歴は次の通りである。

トルストイと妻ソフィアは一三人の子宝に恵まれたが、成人したのは八人のみであった。うち長女タチヤーナがロシアリアリズムの画家レーピンに師事して油絵を学び、革命後の亡命先イタリアで、肖像画などを描いて苦境を凌いだと伝えられている。

三男レフは子供たちの中でも特に優れた才能を持ち合わせていたと記されており、音楽家として、彫刻家として、バイオリニストとして、著述家として、ジャーナリストとして、スポーツ選手として、騎手として、女性美への賞讃者として、その才能を十分に発揮したと伝えられており、また五男レフは著名な彫刻家トルベツキーから彫刻を学び、彼の履歴記録には、彫刻家、作家と記されている。

ソフィア夫人はトルストイの妻にならなければ、多分私はピアニストになっていたと語っている。

『落穂の天使』（未知谷二〇〇八年）を機に、トルストイ民話集からの新訳に取り組み、挿絵をナターシャが描くという共同作業を手掛けて早一〇年余りが経った。その間『愛あるところ神あり』『アズブカ』と出版を重ねて来たが、各書に籠められたナターシャのイラストのメッセージは、研ぎ澄まされたタッチのもと、遠い日にボタンと戯れたナターシャの無邪気さと祖先への深い眼差しとを併せて持ち、読者をしばしの憩いに誘ってくれたものと信じている。

長年に亘り多大なご助力を賜っている、未知谷の飯島徹氏と、細やかな配慮で出版を支えて下さる同社の伊藤伸恵さんに、ナターシャ共々心からの感謝をお伝えしたい。

二〇一八年四月

シンガポールにて　ふみ子デイヴィス

レフ・トルストイ（1828～1910）

19世紀ロシアを代表する作家。貴族出身で文学、政治の双方に多大な影響を与えた。トルストイ主義と呼ばれるキリスト教的な人間愛と道徳的自己完成を説いた。代表作『アンナ・カレーニナ』、『戦争と平和』、『人生読本』等、晩年は通俗物語＝民話に力を注いだ。

ナターリヤ・オレゴヴナ・トルスタヤ

レフ・トルストイの次男イリヤの孫オレーグ画伯とグラフィック画家タチヤーナの長女として1954年モスクワで生まれる。1979年、シトロガーノフ芸術院絵画科を卒業。ヨーロッパ各地、北欧、米国、カナダ、シンガポールでの展覧会に出品、ミニマリズム画家として高い評価を受ける。ロシア政府が選出した〈最も優れた20世紀ロシアの女性画家〉の一人としてトレチャコフ美術館にも作品が納められている。ヤースナヤ・ポリャーナの「トルストイの家博物館」代表。

ふみ子・デイヴィス

福岡県生まれ。モスクワの民族友好大学（現・ロシア大学）卒業。1999年から2002年まで二度目のモスクワ生活を経験。トルストイの玄孫で画家のナターリヤ・トルスタヤとの出会いを機にトルストイの家出の謎を追う『トルストイ家の箱舟』を四年にわたって執筆し2007年に群像社から刊行した。訳書に、トルストイの民話『落穂の天使』『愛あるところに神あり』『アズブカ』（未知谷）、トルストイの四女アレクサンドラの回想録より『お伽の国―日本』（群像社）、著書に『ぽけぽけむし』（未知谷）がある。現在はシンガポール在住。陶磁器絵付けとロシア伝統芸術の細密画塗り（パピエ・マシェ・ミニアチュール）のアーティストを兼ねてNOBBY ARTギャラリーを主宰・経営する。

トルストイの肖像画

2018年5月25日印刷
2018年6月15日発行

著者　レフ・トルストイ
編・絵　ナターリヤ・オレゴヴナ・トルスタヤ
訳者　ふみ子・デイヴィス
発行者　飯島徹
発行所　未知谷
東京都千代田区神田猿楽町2丁目5-9　〒101-0064
Tel. 03-5281-3751 / Fax. 03-5281-3752
［振替］ 00130-4-653627
組版　柏木薫
印刷所　ディグ
製本所　難波製本

Japanese edition by Publisher Michitani Co. Ltd., Tokyo
Printed in Japan
ISBN978-4-89642-554-3　C0098

レフ・トルストイ
ナターリヤ・トルスタヤ 絵
ふみ子・デイヴィス 訳

落穂の天使
人はなんで生きるか

文豪が最晩年に行き着いた誰にも分る「民話」形式。読者の心に迫る芸術以上の芸術とロマン・ロランは評した。人に与えられているものは何か？　与えられていないものは何か？　人はなぜ生きるか？　文豪の玄孫トルスタヤの挿絵10点収録。　98頁1600円

愛あるところ神あり

人が本来具えている同情や慈しみといった素朴な愛を思い起こさせるトルストイ主義の真髄がホッと伝わる作品たち。「鶏のたまごほど大きな穀物の種」「修行中の爺さまたち、三人のこと」「愛あるところ神あり」そして寓話集より11篇。挿絵20点添。　96頁1400円

アズブカ

「アズブカ」は日本語の「いろは」（文字そのものから、ものごとの初めの意）トルストイが44歳の時独自に完成させ、その後認定図書とされた初等教科書『アズブカ』から31話を厳選新訳。文豪の玄孫による新作挿絵35点と共に。　88頁1400円